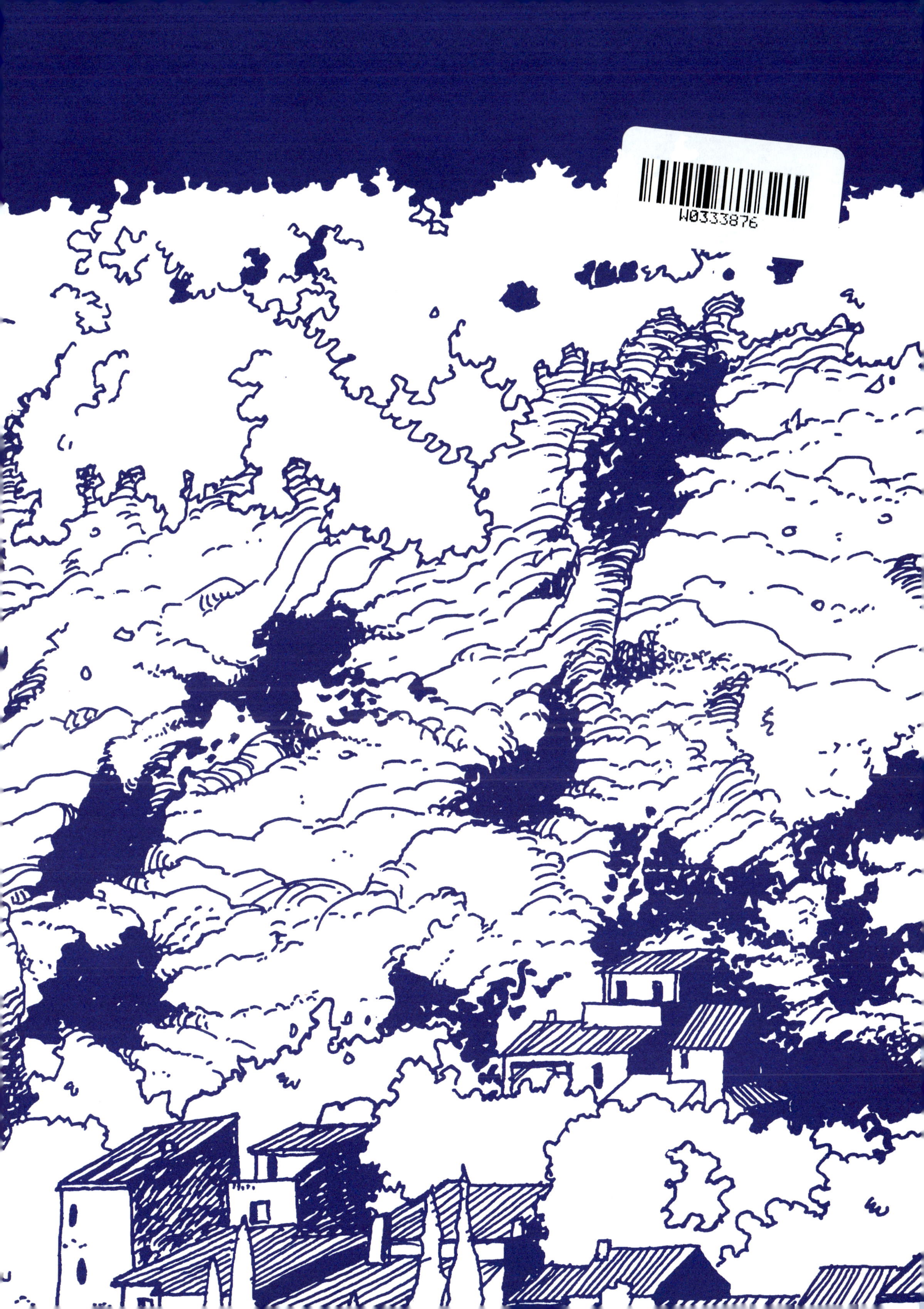

BEHEM

Gaspard de Besse

T.12 : L'AFFAIRE DU COFFRET

PRESTANCE

Dépôt légal : mai 2012
ISBN : 979-10-90296-13-8

Imprimé en UE
Couleurs : Fabien Rypert
Tél : 0321.544.007
e-mail : boogyrana@yahoo.fr

JE NE PENSAIS PAS AVOIR L'OCCASION UN JOUR DE VOUS VOIR DANS MON MODESTE MANOIR D'AUPS, MARQUIS ...
1A
... ET JE NE POURRAI MALHEUREUSEMENT PAS VOUS RECEVOIR AVEC LES HONNEURS DÛS À VOTRE RANG ...
QU' IMPORTE ! VENONS-EN À L'OBJET DE NOTRE RENCONTRE, MONSIEUR LE DUC ...
VOILÀ CE QUE JE VOUS AI PROMIS ...
TOUT EST DANS CE PETIT COFFRET ? JE M'ATTENDAIS À UNE QUANTITÉ PLUS IMPORTANTE ...
N' AYEZ CRAINTE ... VOUS AVEZ LÀ LARGEMENT DE QUOI ATTEINDRE VOS OBJECTIFS ! ET DE TOUTES FAÇONS, JE N'EN POSSÈDE PAS PLUS ...
HUM ... VOUS AURIEZ PU ENVOYER CELA PAR UN DE VOS COURSIERS ...
NON ! TROP DANGEREUX, TROP IMPORTANT, ET TROP CONFIDENTIEL ...
JE COMPRENDS ! IL FAUT ME DIRE CE QUE CELA VA ME COÛTER ...
1B

JE VOUS RAPPELLE QUE DEPUIS QUE J'AI PERDU MON DUCHÉ, JE N'AI PLUS BEAUCOUP DE MOYENS, ET ...
JE NE VEUX PAS LA MOINDRE LIVRE CONTRE CE COFFRET, MONSIEUR LE DUC ...
... PUISQUE LE PRIX À PAYER EST LA CAPTURE DE GASPARD DE BESSE ...
GASPARD DE BESSE ? LE FAMEUX «HORS-LE-LOI JUSTICIER» ? J'EN AI ENTENDU PARLER ...
POURQUOI PENSEZ-VOUS QUE JE SERAI L'HOMME DE LA SITUATION ?
UNE BANDE DE MERCENAIRES, PARAIT-IL PARTICULIÈREMENT REDOUTABLES ET EFFICACES, TRAVAILLENT POUR VOUS ...
VOUS ÊTES BIEN RENSEIGNÉ ...
N'EST-CE PAS ? AVEC LEUR CONCOURS, CAPTUREZ MOI GASPARD, ET NOUS SOMMES QUITTES !
C'EST DANS MES CORDES ! HUM ... VISIBLEMENT, VOUS AVEZ UN COMPTE À RÉGLER AVEC LUI ...
PLUSIEURS ! MAIS ATTENTION ! IL ME LE FAUT VIVANT ! C'EST TRÈS IMPORTANT ! SINON, JE CONSIDÉRERAI NOTRE ACCORD CADUQUE ...
... ET CE QU'IL Y A DANS CE COFFRET VOUS COÛTERAIT 10 000 LIVRES !
BIGRE ! CE SERAIT ALORS MA RUINE ! MAIS COMPTE TENU DE MES HOMMES, LE RISQUE ME PARAÎT FAIBLE ! MARCHÉ CONCLU ...
ET OÙ PUIS-JE COMMENCER MES RECHERCHES POUR TROUVER CE ... GASPARD DE BESSE ?
IL ÉTAIT DU CÔTÉ DE SISTERON* RÉCEMMENT, ET D'APRÈS MES INFORMATEURS, ILS SE DIRIGERAIT ACTUELLEMENT VERS AUPS ...
* T-11 : THÉOPOLIS
VOILÀ, C'EST TOUT ! JE VOUS LAISSE, MAINTENANT, ET JE COMPTE SUR VOUS POUR ME RAMENER CE BRIGAND PIEDS ET POINGS LIÉS ... ET VIVANT !
POURQUOI EST-CE SI IMPORTANT, MARQUIS ?

IL FAUT ABSOLUMENT QUE JE L'INTERROGE ! J'AI BESOIN DE SAVOIR CE QUI S'EST PASSÉ EXACTEMENT À COTIGNAC ! *
PORTIER !
* VOIR GASPARD DE BESSE T.9 : TERREUR À COTIGNAC
À TRÈS BIENTÔT, MARQUIS ...
PAUVRE IDIOT ...
SI TU CROIS QUE JE VAIS PERDRE MON TEMPS À CHERCHER GASPARD DE BESSE ... AVEC CE QU'IL Y LÀ DEDANS, JE NE CRAINDRAI PLUS NI DIEU, NI DIABLE
UNE SEMAINE PLUS TARD ...
NOUS AVONS VÉCU UNE DRÔLE D'AVENTURE À SAINT GENIEZ, TOUT DE MÊME ...
AVOIR DÉCOUVERT UNE TELLE CITÉ POUR LA VOIR DISPARAÎTRE AUSSITÔT ... ET PUIS, LE BATEAU DE MONSIEUR DE VAUCANSON ... *
* VOIR GASPARD DE BESSE T.11 : THÉOPOLIS
N'EMPÊCHE ... JE N'ÉTAIS PAS TRANQUILLE, MOI, SUR CET ENGIN ... J'AVAIS TOUJOURS L'IMPRESSION QUE LES POCHES DE GAZ ALLAIENT ÉCLATER ...
BAH ...
QUOI, «BAH» ? TU RÉALISES, LES CONSÉQUENCES, SI, EN PLEIN AIR, NOUS AVIONS ENTENDU : BOUM ! BOUM ! BOUM !
BOUM !

UNE EXPLOSION ! DE LA FUMÉE, LÀ-BAS !
QUELLE DÉTONATION ÉNORME ! DES GENS ONT PEUT-ÊTRE BESOIN D'AIDE ! VITE ! ALLONS VOIR !
4A
LÀ ... C'EST LA GRANGE QUI BRÛLE ! ...
4B
ON PEUT VOUS AIDER ?
LES BONNES ÂMES SONT TOUJOURS LES BIENVENUES ! LE PUITS, LÀ-BAS ! RAMENEZ TOUTE L'EAU QUE VOUS POURREZ ...
4C

ET UNE HEURE PLUS TARD ...
ÇA Y EST, L'INCENDIE EST MAÎTRISÉ ! NOUS AVONS PERDU UNE BONNE PARTIE DE NOS RÉCOLTES, MAIS HEUREUSEMENT, IL N'Y A PAS DE BLESSÉS ...
ET MERCI POUR VOTRE AIDE ! QUI DOIS-JE REMERCIER ?
JACQUES, JOSEPH, BERNARD, AXEL, ET GASPARD DE BESSE !
GASPARD DE BESSE !!! JE NE PENSAIS PAS AVOIR L'OCCASION UN JOUR DE VOUS RENCONTRER ! JE SUIS TRÈS HEUREUX DE VOUS CONNAÎTRE ! ...
NOUS ÉGALEMENT, MAIS DITES ...
QUELLE EST L'ORIGINE DE CETTE EXPLOSION ?
HA ! C'EST TOUTE UNE HISTOIRE ! ÉCOUTEZ, AVANT CETTE CATASTROPHE, NOUS NOUS APPRÊTIONS À DÉJEUNER ! NOUS VOUS INVITONS À PARTAGER NOTRE REPAS !
VOLONTIERS ...
C'EST PAR LÀ ! MAIS AVANT, JE VAIS VOUS PRÉSENTER ...
MES AMIS ... AU NOM DE TOUS, JE REMERCIE DE LEUR AIDE CES CINQ HOMMES QUI NOUS ONT PRÊTÉ MAIN FORTE ... ET SI JE VOUS DISAIS QU'IL S'AGIT DE GASPARD DE BESSE ET DE SES COMPAGNONS ...
GASPARD ?!
FORMIDABLE !
BRAVO !
VIVE GASPARD DE BESSE !!!
MERCI ! MERCI POUR CE QUE VOUS FAITES POUR LE PEUPLE ...
ALLONS, VOUS AUREZ LE TEMPS DE LES FÉLICITER ! POUR L'INSTANT, ILS VONT PARTAGER NOTRE DÉJEUNER ...
ET AINSI ...
JE M'APPELLE BERTRAND, ET JE SUIS LE RESPONSABLE DE CE VILLAGE ! NOUS SOMMES ICI À VÉRIGNON ! VÉRIGNON EST CONSTITUÉ D'UN VIEUX CHÂTEAU EN RUINES, D'UNE CHAPELLE, ET DE FERMES ...

NOUS METTONS NOTRE TRAVAIL EN COMMUN, ET NOUS ENGRANGIONS UNE PARTIE DE NOS RÉCOLTES DANS LE BÂTIMENT QUI VIENT DE DISPARAÎTRE DANS LES FLAMMES ...
ET CETTE EXPLOSION ?
J'Y VIENS ... IL Y A À AUPS, VILLAGE PLUS IMPORTANT À QUELQUES KILOMÈTRES D'ICI, UNE BANDE DE BRIGANDS QUI RANÇONNENT LA RÉGION ... ILS AVAIENT PRIS L'HABITUDE DE S'APPROVISIONNER ÉGALEMENT ICI, GRATUITEMENT, BIEN ENTENDU ...
IL Y A TROIS SEMAINES, LORS D'UN CONSEIL DU VILLAGE, NOUS AVONS DÉCIDÉ DE NE PLUS CÉDER À LEURS EXIGENCES ! ARMÉS DE NOS FAUX, ET CONSTATANT NOTRE DÉTERMINATION, ILS ONT DIT QUE NOUS AURIONS UNE «MAUVAISE SURPRISE», ET QU'ILS REVIENDRAIENT AUSSITÔT APRÈS ...
NOUS VENONS DE DÉCOUVRIR CETTE «MAUVAISE SURPRISE», ET ILS NE DEVRAIENT PAS TARDER À REVENIR ...
QUAND ?
ASSEZ VITE ... PEUT-ÊTRE DÈS DEMAIN ! ET NOUS ALLONS DEVOIR REPRENDRE L'HABITUDE DE LES VOIR SE SERVIR ET REPARTIR, COMME BON LEUR SEMBLERA ...
POURQUOI ?
NOUS SOMMES PRÊTS À NOUS DÉFENDRE, ET À OPPOSER NOS FAUX À LEURS ARMES ! MAIS CONTRE CES EXPLOSIONS QUI DÉTRUISENT UNE PARTIE DE NOS RÉCOLTES, NOUS SOMMES IMPUISSANTS ! IL VAUT DONC MIEUX QUE NOUS ...
ATTENDS, BERTRAND ...
CETTE EXPLOSION ... QUI PEUT L'AVOIR DÉCLENCHÉE ?
JE N'EN SAIS ABSOLUMENT RIEN ! IL DOIT Y AVOIR ICI QUELQU'UN QUI TRAVAILLE POUR CETTE BANDE DE BRIGANDS ... MAIS NOUS N'ALLONS PAS PASSER NOS JOURNÉES À JOUER AUX DÉTECTIVES, SI NOS RÉCOLTES DISPARAISSENT ENTRE-TEMPS !
QUI EST À LA TÊTE DE CETTE BANDE ?
NOUS N'EN SAVONS RIEN ! ON LES VOIT ARRIVER, PILLER, ET REPARTIR POUR DEUX OU TROIS SEMAINES ... C'EST TOUT !
LA DÉTONATION DE CETTE EXPLOSION ÉTAIT PARTICULIÈREMENT INTENSE ... IL A FALLU UNE CERTAINE QUANTITÉ DE POUDRE POUR OBTENIR UN TEL RÉSULTAT ... JE NE COMPRENDS PAS COMMENT CELA A PU ÊTRE DISSIMULÉ AUSSI FACILEMENT ...
EN EFFET ... ET C'EST D'AUTANT PLUS INQUIÉTANT QUE NOUS NE POUVONS FAIRE AUTREMENT QUE DE LAISSER LES ...
NON, BERTRAND ...

CÉDER À LA VIOLENCE ET À L'INTIMIDATION EST INACCEPTABLE ! NOUS ALLONS, MES COMPAGNONS ET MOI, RESTER ICI JUSQU'À CE QUE CES BANDITS REVIENNENT, ET NOUS ALLONS LES RECEVOIR ! PEUX-TU NOUS LOGER ENTRE-TEMPS ?
BIEN SÛR ... GASPARD ... JE ... JE NE SAIS PAS COMMENT TE REMERCIER ... C'EST INESPÉRÉ QUE ... QUE ...
ALORS, C'EST ENTENDU ! NOUS ALLONS ÉTUDIER LES ACCÈS AU VILLAGE, ET NOUS NOUS CHARGEONS DE VOUS PROTÉGER !
CET APRÈS-MIDI, GASPARD ET SES COMPAGNONS FONT UN REPÉRAGE DES LIEUX STRATÉGIQUES DU VILLAGE ...
MERCI POUR CE QUE VOUS FAÎTES ...
EN TE POSITIONNANT LÀ, TU AS UNE VUE SUR TOUT LE CROISEMENT ...
ET LE SOIR, AUTOUR D'UN BARBECUE ...
LE VILLAGE EST ACCESSIBLE À CHEVAL PAR UNE SEULE ROUTE ...
IL FAUDRA UN GUETTEUR EN PERMANENCE ... DÈS QUE DES CAVALIERS ARRIVERONT, IL FAUDRA NOUS PRÉVENIR ! IL NOUS FAUDRA CINQ MINUTES POUR NOUS METTRE EN PLACE !
À CE MOMENT LÀ, CONTINUEZ À VIVRE COMME SI DE RIEN N'ÉTAIT ! IL FAUT QU'ILS NE SE DOUTENT DE RIEN EN ARRIVANT !
BIEN !
ET DÈS LE LENDEMAIN MATIN ...

LES VOILÀ ! TROIS HOMMES ARMÉS DONT UN CONDUISANT UN CHARIOT !!!
À NOUS DE JOUER ! RECEVEZ-LES EN RESTANT ASSEZ LOIN D'EUX !
JE PENSE QUE TU AS COMPRIS, MAINTENANT ! BON ! JE TE RAPPELLE QU'IL NOUS FAUT DEUX PORCS, SIX POULES, AINSI QUE LES LÉGUMES QUE NOUS T'AVONS DEMANDÉS AVANT-HIER ...
ON DIT, «S'IL VOUS PLAÎT» LORSQU'ON EST POLI ...
... ET ON DEMANDE AU MONSIEUR COMBIEN ON LUI DOIT POUR TOUTE CETTE MARCHANDISE !
DE QUOI TE MÊLES-TU, TOI ... ET ... QUI ES-TU ?
GASPARD DE BESSE !
GASPARD DE ... HÉ, LES GARS ! IL Y A UNE SACRÉE PRIME POUR SA CAPTURE !
PAN

AH !
IL A TIRÉ ! VITE ! À VOUS D'ABATTRE CE CHIEN !!!
PAN
PAN
ET IL Y A ENCORE DEUX PISTOLETS À VOTRE SERVICE SI VOUS TENTEZ QUOI QUE CE SOIT ! ALORS ? VOUS PAYEZ POUR CE QUE VOUS AVEZ DEMANDÉ ?
JE VOIS ... CES PAYSANS SE SONT PAYÉS DES MERCENAIRES ... MAIS NOUS REVIENDRONS ... BEAUCOUP PLUS NOMBREUX !
JE NE VOUS LE CONSEILLE PAS ...
EN ATTENDANT, ATTENTION À VOS RÉCOLTES ! UNE VILAINE EXPLOSION POURRAIT VENIR ÉPARPILLER TOUT ÇA !
ET VOILÀ ! ILS S'ENFUIENT, LA QUEUE BASSE ! ÇA LEUR FERA UNE BONNE LEÇON !
BRAVO, GASPARD ! MAIS ILS REVIENDRONT ! ILS SONT EFFECTIVEMENT ASSEZ NOMBREUX !
C'EST-À DIRE ?
UNE BONNE QUINZAINE, AU MOINS, ET TOUS ARMÉS ! CE SERA MOINS FACILE, CETTE FOIS LÀ ...

HUM ... ÇA DÉPEND ! MAIS IL FAUDRA AGIR TRÈS VITE ! AXEL, BERNARD ...
ALLEZ IMMÉDIATEMENT AU REPAIRE CHERCHER LES ARMES QUE NOUS AVONS ACHETÉES LORS DE L'AFFAIRE DU LUC * ! J'AI IDÉE QU'ELLES VONT RESSERVIR ! RETOUR ICI DEMAIN MATIN, AU PLUS TARD !
* VOIR GASPARD DE BESSE T.10 : LE CONVOI
JACQUES ET JOSEPH ! VOUS RESTEREZ ICI POUR PROTÉGER LE VILLAGE EN CAS DE BESOIN ! SOYEZ VIGILANTS !
QUANT À MOI, JE VAIS ME RENDRE À AUPS DÈS À PRÉSENT, POUR TENTER D'OBTENIR DES INFORMATIONS SUR CETTE FAMEUSE BANDE DE BRIGANDS ! JE SERAI DE RETOUR CE SOIR !
ET MOINS D'UNE HEURE PLUS TARD ...
ME VOICI ARRIVÉ ... JE VAIS LAISSER MON CHEVAL LÀ ET CIRCULER À PIED DANS LE VILLAGE
LE MIEUX EST DE COMMENCER PAR LA TAVERNE JE LA VOIS, LÀ-BAS ...
QUELQUES GORGÉES DE VIN AIDANT, C'EST LÀ QUE LES LANGUES PEUVENT SE DÉLIER LE PLUS FACILEMENT ...

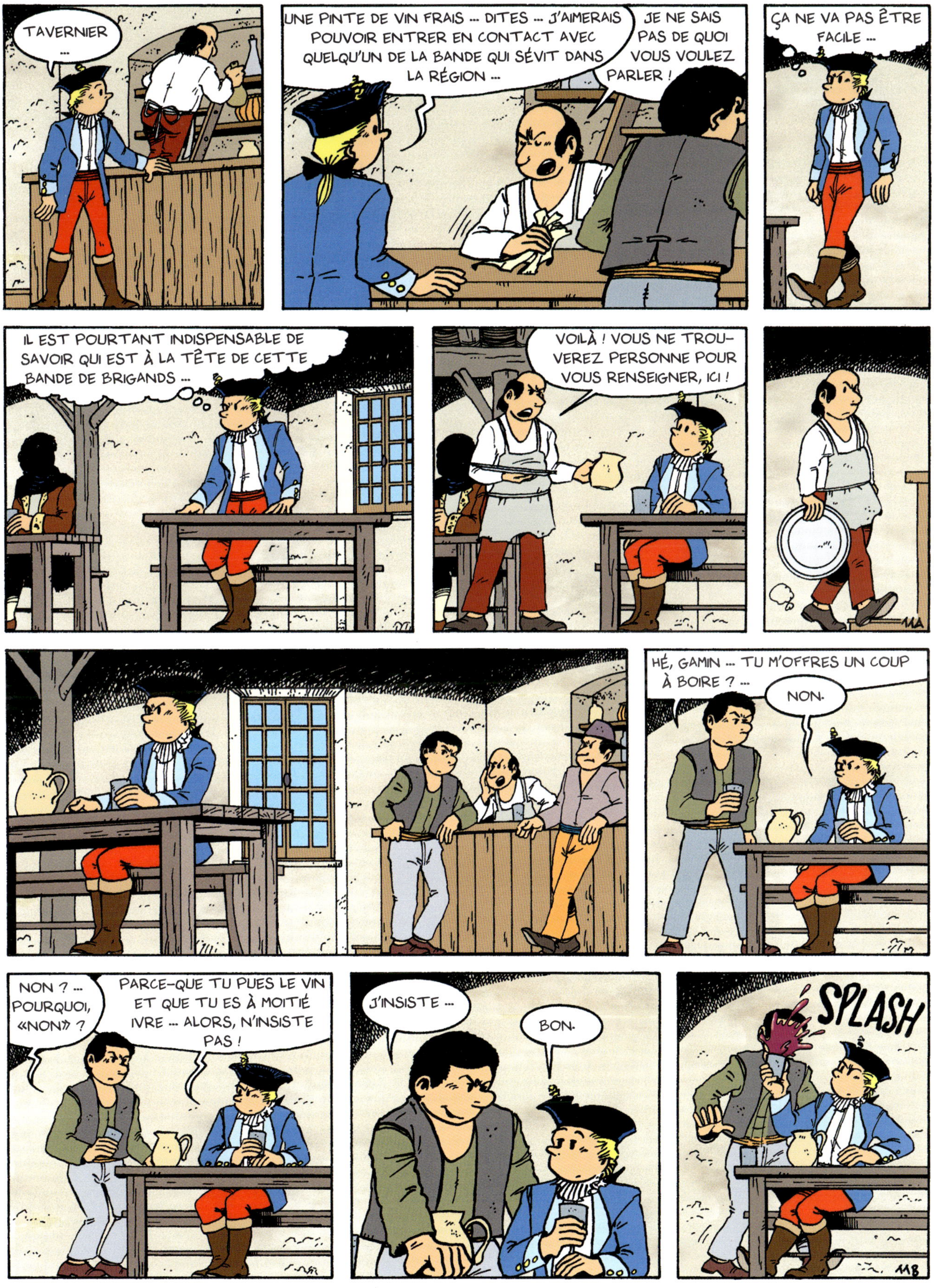
TAVERNIER ...
UNE PINTE DE VIN FRAIS ... DITES ... J'AIMERAIS POUVOIR ENTRER EN CONTACT AVEC QUELQU'UN DE LA BANDE QUI SÉVIT DANS LA RÉGION ...
JE NE SAIS PAS DE QUOI VOUS VOULEZ PARLER !
ÇA NE VA PAS ÊTRE FACILE ...
IL EST POURTANT INDISPENSABLE DE SAVOIR QUI EST À LA TÊTE DE CETTE BANDE DE BRIGANDS ...
VOILÀ ! VOUS NE TROUVEREZ PERSONNE POUR VOUS RENSEIGNER, ICI !
HÉ, GAMIN ... TU M'OFFRES UN COUP À BOIRE ? ...
NON.
NON ? ... POURQUOI, «NON» ?
PARCE-QUE TU PUES LE VIN ET QUE TU ES À MOITIÉ IVRE ... ALORS, N'INSISTE PAS !
J'INSISTE ...
BON.
SPLASH

ESPÈCE DE ...
OUFF !
PAF
HÉ, LES GARS ! ON AGRESSE NOTRE COPAIN !!!
OUMF !
PAF
HÉ ! ARRÊTEZ ! VOUS DÉMOLISSEZ MA TAVERNE !!!
ON LE TIENT ! ON VA LUI FAIRE PASSER L'ENVIE DE JOUER LES FIERS À BRAS !
ARRÊTEZ ! VOUS ÊTES FOUS ?

VOUS SAVEZ QUI EST CET HOMME ? GASPARD DE BESSE, QUI PASSE SONT TEMPS À RISQUER SA VIE POUR LES GENS DU PEUPLE ! LÂCHEZ LE IMMÉDIATEMENT !
BIEN, MONSIEUR MARAT ...
EXCUSEZ NOUS, MONSIEUR MARAT ... ON NE SAVAIT PAS ...
JEAN-PAUL MARAT ... JE NE PENSAIS PAS AVOIR L'OCCASION DE CROISER UN JOUR LE FAMEUX GASPARD DE BESSE !
MERCI DE VOTRE AIDE ... MAIS ... COMMENT M'AVEZ VOUS IDENTIFIÉ ?
LE BRIN DE GENÊT, SUR VOTRE CHAPEAU ...
ÉVIDEMMENT ... HA, MERCI ...
DE PLUS, CETTE RENCONTRE EST UN SIGNE DU DESTIN ! LAISSEZ MOI VOUS OFFRIR LA PINTE QUE VOUS N'AVEZ PAS EU LE TEMPS DE BOIRE, TOUT À L'HEURE ...
BARNABÉ UNE PINTE DE VIN ET DEUX VERRES ! NOUS ALLONS DANS LA PIÈCE DU FOND ! QU'ON NE NOUS DÉRANGE PAS !
BIEN, MONSIEUR MARAT !
JE VOULAIS VOUS ...
AVANT TOUT, PRÉSENTEZ VOUS, CAR MOI, JE NE VOUS CONNAIS ABSOLUMENT PAS ...
C'EST VRAI, PARDONNEZ MOI ... JE M'APPELLE JEAN-PAUL MARAT ! JE SUIS MÉDECIN, PHYSICIEN, ET JOURNALISTE, ET JE RÉSIDE À PARIS *, D'OÙ L'ON ENTEND PARLER DE VOUS ! CE N'EST PAS MON CAS POUR VOUS QUI ÊTES EN PROVENCE ...
DÉSOLÉ ! ...
* AUTHENTIQUE.

MAIS JE SUIS ÉGALEMENT UN RÉVOLUTIONNAIRE, DISCIPLE DE ROUSSEAU ET DE MONTESQUIEU, ASSEZ PEU DE VOLTAIRE QUE JE TROUVE «INCONSÉQUENT». JE LUTTE POUR EN FINIR AVEC LA ROYAUTÉ, ET POUR L'INSTAURATION D'UN RÉGIME CONSTITUTIONNEL PAR LE PEUPLE, POUR LE PEUPLE * ...
* AUTHENTIQUE.
C'EST À CE TITRE QUE JE ME TROUVE AUJOURD'HUI EN PROVENCE ! IL Y A PLUSIEURS JOURS QUE JE CHERCHE QUELQU'UN COMME VOUS POUR ACCOMPLIR UNE MISSION DÉLICATE ET PARTICULIÈRE ... ET VOUS VOILÀ !
JE N'AI PAS ENCORE ACCEPTÉ ...
BIEN SÛR ! MAIS JE CONNAIS VOTRE ACTION, ET JE SAIS CE QUE VOUS FAÎTES POUR LE PEUPLE ! VOICI DONC DE QUOI IL S'AGIT ...
LA VIGUERIE * D'AUPS A ÉTÉ DOMINÉE DEPUIS L'AN MIL PAR LA FAMILLE DUCALE DE BLANCARD. CEPENDANT, SUITE À UN PROCÈS DÉBUTÉ EN 1346 ET QUI DURERA PRÈS DE QUATRE SIÈCLES ENTRE CETTE FAMILLE ET LE VILLAGE D'AUPS, LA CITÉ OBTINT EN 1712 DE NE DÉPENDRE JURIDIQUEMENT QUE DU ROI DE FRANCE ...
* JURIDICTION ADMINISTRATIVE.
DEPUIS, LA FAMILLE DE BLANCARD NE CESSE D'ŒUVRER POUR RÉCUPÉRER SON DUCHÉ ... ET SES ESPOIRS TROUVENT UN ÉCHO FAVORABLE AUJOURD'HUI, ALORS QUE L'AUTORITÉ ROYALE EST DE PLUS EN PLUS CONTESTÉE ...
C'EST ALEXANDRE DE BLANCARD QUI EST AUJOURD'HUI LE CHEF DE CETTE FAMILLE QUI RÉSIDE DANS UN MANOIR, À AUPS ... ALEXANDRE DE BLANCARD A REÇU IL Y A DIX JOURS LE MARQUIS DE GRIMALDI, AVEC LEQUEL VOUS AVEZ EU SOUVENT FORT À FAIRE ...
TOUT À FAIT ...
LE MARQUIS A REMIS AU DUC UN COFFRET CONTENANT UN EXPLOSIF AUX EFFETS DÉVASTATEURS ... CET EXPLOSIF AVAIT ÉTÉ MIS AU POINT PAR UN PHYSICIEN QUI A AUJOURD'HUI PERDU LA RAISON ... UN CERTAIN PROFESSEUR DUBUISSON * ...
BON SANG !!!
* VOIR GASPARD DE BESSE T.9 : TERREUR À COTIGNAC.
JE SUIS AU COURANT DE CETTE AFFAIRE ... MAIS IL ME SEMBLAIT QU'APRÈS UNE EXPLOSION À COTIGNAC, CETTE POUDRE N'EXISTAIT PLUS ...
DÉTROMPEZ VOUS ! QUELQUES HEURES AVANT, DUBUISSON AVAIT FAIT EXPÉDIER UN COFFRET DE CETTE POUDRE AU MARQUIS !...

POURQUOI ?
IL SEMBLERAIT QU'UN ARRANGEMENT EXISTE ENTRE ALEXANDRE DE BLANCARD ET LE MARQUIS, CE DERNIER AYANT BESOIN DE S'ASSURER DE LA FIDÉLITÉ DE LA RÉGION D'AUPS EN CAS DE RENVERSEMENT DU ROI ...
... ET AFIN DE CONSOLIDER SON AUTORITÉ SUR LA PROVENCE, DANS CE CAS DE FIGURE ! BREF, EN LIVRANT CET EXPLOSIF AUX DE BLANCARD, LE MARQUIS DE GRIMALDI A TENU SON ENGAGEMENT ... CONTRE QUOI EN ÉCHANGE ? MYSTÈRE ...
LE FAIT EST QUE LE DUC A IMMÉDIATEMENT «TESTÉ» LA POUDRE EN FAISANT SAUTER UNE GRANGE À VÉRIGNON !
COMMENT ÊTES-VOUS AU COURANT DE CELA ?
NOUS AVONS DES INFORMATEURS DANS TOUT LE PAYS, ET LES NOUVELLES REMONTENT JUSQU'À PARIS ! J'ÉTAIS AU COURANT DE CETTE HISTOIRE DE POUDRE DEPUIS L'EXPLOSION À COTIGNAC ! JE VIENS D'AVOIR LA PREUVE CES JOURS CI QU'IL S'AGIT LÀ D'UNE ARME REDOUTABLE !
FINALEMENT, POURQUOI ÊTES-VOUS LÀ ?
POUR RÉCUPÉRER CETTE POUDRE QU'IL NE FAUT PAS LAISSER ENTRE LES MAINS DU DUC DE BLANCARD ! ELLE SERA PLUS UTILE AUX MOUVEMENTS RÉVOLUTIONNAIRES POUR ABATTRE LA MONARCHIE ! JE VOUS RAPPELLE QUE JE SUIS PHYSICIEN, ET APRÈS ÉTUDE DE CETTE POUDRE, JE POURRAI SANS DOUTE EN PRODUIRE UNE GRANDE QUANTITÉ ...
C'EST LÀ QUE VOUS INTERVENEZ ! J'AI LA POSSIBILITÉ DE VOUS FAIRE ENTRER DANS TROIS JOURS DANS LE MANOIR DE DE BLANCARD ... ET JE SAIS OÙ SE TROUVE LE COFFRET ! SI VOUS ...
UN INSTANT, MONSIEUR MARAT ...
LES DÉGÂTS QUE PEUT PROVOQUER CETTE POUDRE SONT TERRIBLES ... ET VOUS ME DEMANDEZ DE VOUS AIDER À EN FABRIQUER DAVANTAGE ! JE CROIS QUE FINALEMENT, VOUS NE ME CONNAISSEZ PAS TRÈS BIEN ...
ATTENDEZ ... IL Y A 5000 LIVRES POUR VOUS SI ...
JE NE TRAVAILLE POUR PERSONNE, ET JE NE SUIS PAS UN MERCENAIRE, MONSIEUR MARAT ! L'OBJECTIF QUE JE ME SUIS FIXÉ, VOYEZ-VOUS ...

... EST D'AIDER LES PAYSANS, LES MISÉREUX ET LES GUEUX, À AVOIR UNE VIE PLUS DIGNE, ET À NE PAS MOURIR DE FAIM !
MAIS ... NOUS POURSUIVONS LE MÊME BUT ! JE ...
NON ! VOUS, VOUS VOULEZ ABATTRE LA MONARCHIE DANS UN BAIN DE SANG POUR INSTAURER UN SYSTÈME DE VALEURS, LE VÔTRE, PEUT-ÊTRE MÊME AU DÉTRIMENT DU PEUPLE, ET QUI REPRODUIRA UN AUTRE TYPE D'INÉGALITÉS ...
MAIS ... VOUS NE COMPRENEZ PAS ...
UNE NOUVELLE SOCIÉTÉ NE PEUT NAÎTRE QUE SUR LES RUINES DE L'ANCIENNE ! IL FAUT QUE DES TÊTES TOMBENT !!!
J'EN AI ASSEZ ENTENDU, MONSIEUR MARAT !
ATTENDEZ ! JE COMPRENDS VOTRE ÉMOI ! MAIS ÉCOUTEZ ... JE SUIS ENCORE À AUPS POUR TROIS JOURS ! SI VOUS SOUHAITEZ ME RENCONTRER À NOUVEAU, DEMANDEZ AU TAVERNIER ...
NON, JE NE CROIS PAS ...
VOUS NE POURREZ PAS RÉCUPÉRER CE COFFRET SANS MON AIDE ! ENTRE-TEMPS, LE DUC DE BLANCARD CONTINUERA À USER DE SON EXPLOSIF ! RÉFLÉCHISSEZ !
ADIEU, MONSIEUR MARAT !
J'AI APPRIS BEAUCOUP DE CHOSES ... L'EXPLOSION DE LA GRANGE A ÉTÉ RÉALISÉE AVEC LA POUDRE QUE DÉTIENT LE DUC DE BLANCARD ...
... DONC, LA BANDE DES BRIGANDS A POUR PATRON LE DUC DE BLANCARD ...
IL M'A ÉBRANLÉ, MARAT, AVEC SON DISCOURS ... ÉVIDEMMENT, EN FINIR AVEC LES INJUSTICES DU RÉGIME DU ROI EST UNE NÉCESSITÉ ...
MAIS N'Y A T-IL PAS D'AUTRES MOYENS POUR PARVENIR À CELA QUE DE LA VIOLENCE, DU SANG ET DES RUINES ?

AU MÊME MOMENT, À AUPS ...
ET VOUS AVEZ EU AFFAIRE À GASPARD DE BESSE ? LE MARQUIS DE GRIMALDI N'AVAIT PAS TORT ...
APRÈS TOUT, CELA ME FORCERA À TENIR MON ENGAGEMENT ... COMBIEN ÉTAIENT-ILS ?
CINQ ... DE BONS TIREURS !
CINQ BONS TIREURS NE POURRONT RIEN FAIRE CONTRE TOUT LE GROUPE ! PRÉPAREZ VOUS À INTERVENIR TOUS ENSEMBLE APRÈS DEMAIN, PUIS RENDEZ-VOUS ICI POUR UN COMPTE RENDU !
BIEN, MONSIEUR LE DUC !
FERMEZ LA PORTE EN PARTANT !
AS-TU ENTENDU, OCTAVE ?
OUI, MONSIEUR LE DUC ...
QU'EN PENSES-TU ?
J'AI VU GASPARD ET SES COMPAGNONS TENIR TÊTE À NOS TROIS HOMMES ... JE PENSE QU'IL NE FAUT PAS LES SOUS-ESTIMER !
ÉVIDEMMENT ...
JE NE SAIS PAS À QUOI CE GASPARD RESSEMBLE, MAIS J'EN AI ENTENDU PARLER ! TU VAS RETOURNER À VÉRIGNON COMME SI DE RIEN N'ÉTAIT ...
VOICI UN PETIT SACHET D'EXPLOSIF ! ARRANGE TOI POUR QU'UNE DEUXIÈME RÉSERVE DE RÉCOLTE SAUTE AU MOMENT DE L'ATTAQUE DE NOS HOMMES ...
ÉVIDEMMENT, SI ENTRE-TEMPS SURVENAIT LE MOINDRE FAIT IMPORTANT, IL FAUDRAIT VENIR ME LE RAPPORTER !
BIEN SÛR ...

UNE HEURE PLUS TARD, À VÉRIGNON ...
J'AI APPRIS PAS MAL DE CHOSES ... NOUS FERONS UN POINT DÈS QU'AXEL ET BERNARD SERONT RENTRÉS ! EN ATTENDANT ...
... BERTRAND ... J'AI BESOIN D'UN FILET EN CORDAGE EXTRÊMEMENT SOLIDE, D'UN MÈTRE DE LARGEUR SUR ... VOYONS ... ENVIRON HUIT MÈTRES DE LONGUEUR !
MAIS ... POURQUOI ?
CE QUI SE PASSE ICI EST REPORTÉ AU DUC DE BLANCARD ! DONC, PERMETS MOI D'EN DIRE LE MOINS POSSIBLE ! COMPTE TENU DE L'AMPLEUR DE LA TÂCHE, IL FAUT QUE TOUT LE MONDE S'Y METTE, SANS EXCEPTION !
BON !
NON, PAS VOUS ! VOUS AVEZ MIEUX À FAIRE ! SURVEILLEZ LES ACCÈS AU VILLAGE ! PERSONNE NE DOIT EN SORTIR JUSQU'À NOUVEL ORDRE !
C'EST SI IMPORTANT ?
OUI ! SI L'ADVERSAIRE APPREND CE QUE NOUS LUI RÉSERVONS, NOUS AVONS PERDU D'AVANCE ! LORSQUE BERNARD ET AXEL RENTRERONT, NOUS RENFORCERONS LE DISPOSITIF !
TOUTES LES ÂMES DU VILLAGE TRAVAILLENT À LA CONFECTION DE L'OUVRAGE DEMANDÉ ...
IL VEUT FAIRE QUOI, AVEC CE FILET, GASPARD ?
ALORS LÀ ...
ET LE LENDEMAIN, MATIN, APRÈS LE RETOUR D'AXEL ET BERNARD AVEC LE STOCK D'ARMES ...
... GASPARD MET AU COURANT SES AMIS DE TOUT CE QU'IL A APPRIS LA VEILLE ...
... ET SURTOUT, BOUCHE COUSUE ! TOUT CE QUI SE PASSE ICI EST RAPPORTÉ AU DUC ! AXEL, BERNARD ...

ALLEZ VOUS REPOSER, VOUS RESTAURER, PUIS REJOIGNEZ JACQUES ET JOSEPH POUR QUADRILLER LE VILLAGE ... PERSONNE N'EN SORT, IL FAUT ÉVITER TOUT RISQUE DE FUITE !
BERTRAND ... LE GUETTEUR ?
DÉJÀ EN PLACE ! IL SERA RELEVÉ DANS DEUX HEURES !
LE FILET ? ...
IL DEVRAIT POUVOIR ÊTRE ACHEVÉ EN FIN DE MATINÉE !
BIEN ! IL FAUDRA AUSSITÔT LE POSER SUR LE SOL, ENTRE LÀ, ET LÀ ...
AUTRE CHOSE ... IL FAUDRA ÉGALEMENT QUELQUES TONNEAUX VIDES, UNE DOUZAINE ...
?
... ET DEUX PIEUX TRÈS SOLIDES, D'UN MÈTRE CINQUANTE, FICHÉS PROFONDÉMENT DANS LE SOL ... JE T'EXPLIQUERAI ...
COMMENT COMPTE T-IL ARRÊTER UNE QUINZAINE D'HOMMES, ET À QUOI VA SERVIR CE FILET ? ET JE NE PEUX MÊME PAS ALLER PRÉVENIR LE DUC ! ...
LE SOIR VENU ...
TU PEUX ALLER TE REPOSER, ILS NE VIENDRONT PLUS AUJOURD'HUI ...
... MAIS DEMAIN MATIN, REPRISE DE LA SURVEILLANCE DÈS L'AUBE !
BIEN, GASPARD !
LE FILET EST EN PLACE COMME TU L'AS DEMANDÉ, GASPARD ...
BIEN ! RENTRE TOUS LES CHEVAUX ET DONNEZ COMME CONSIGNE QUE PERSONNE NE SORTE DE CHEZ LUI !
APRÈS UNE NUIT TRANQUILLE, DÈS L'AUBE, UN GUETTEUR EST EN PLACE ...
DÉJÀ ...

LES VOILÀ ! ILS SERONT LÀ DANS CINQ MINUTES !!!
TOUS LES VILLAGEOIS RENTRENT CHEZ EUX ! NOUS ALLONS NOUS POSTER COMME PRÉVU ! JOSEPH ! TU AGIRAS À MON SIGNAL !
ET EN EFFET, CINQ MINUTES PLUS TARD ...
ATTENTION ... MAINTENANT !
LES CHEVAUX, LANCÉS À TOUTE VITESSE, NE PEUVENT FREINER À TEMPS, ET TOMBENT, LES PATTES ENCHEVÊTRÉES DANS LES MAILLES DU FILET ...

LES CAVALIERS TOMBENT À LA RENVERSE, PIÉTINÉS PAR LES SABOTS DE LEURS CHEVAUX ...
LORSQU'ILS NE SE RETROUVENT PAS SOUS LE TIR NOURRI DE NOS AMIS ...
REPLIONS NOUS ! METTONS NOUS À L'ABRI !!!
JE NE PEUX PAS ! JE SUIS DU MAUVAIS CÔTÉ DU FILET !!!
AXEL ! BERNARD ! CONTOURNEZ-LES ! CEUX QUI PEUVENT ENCORE SE DÉPLACER VONT ÊTRE PRIS AU PIÈGE !
PAR LÀ ! SUIVEZ-MOI !!!
PAN
PAN

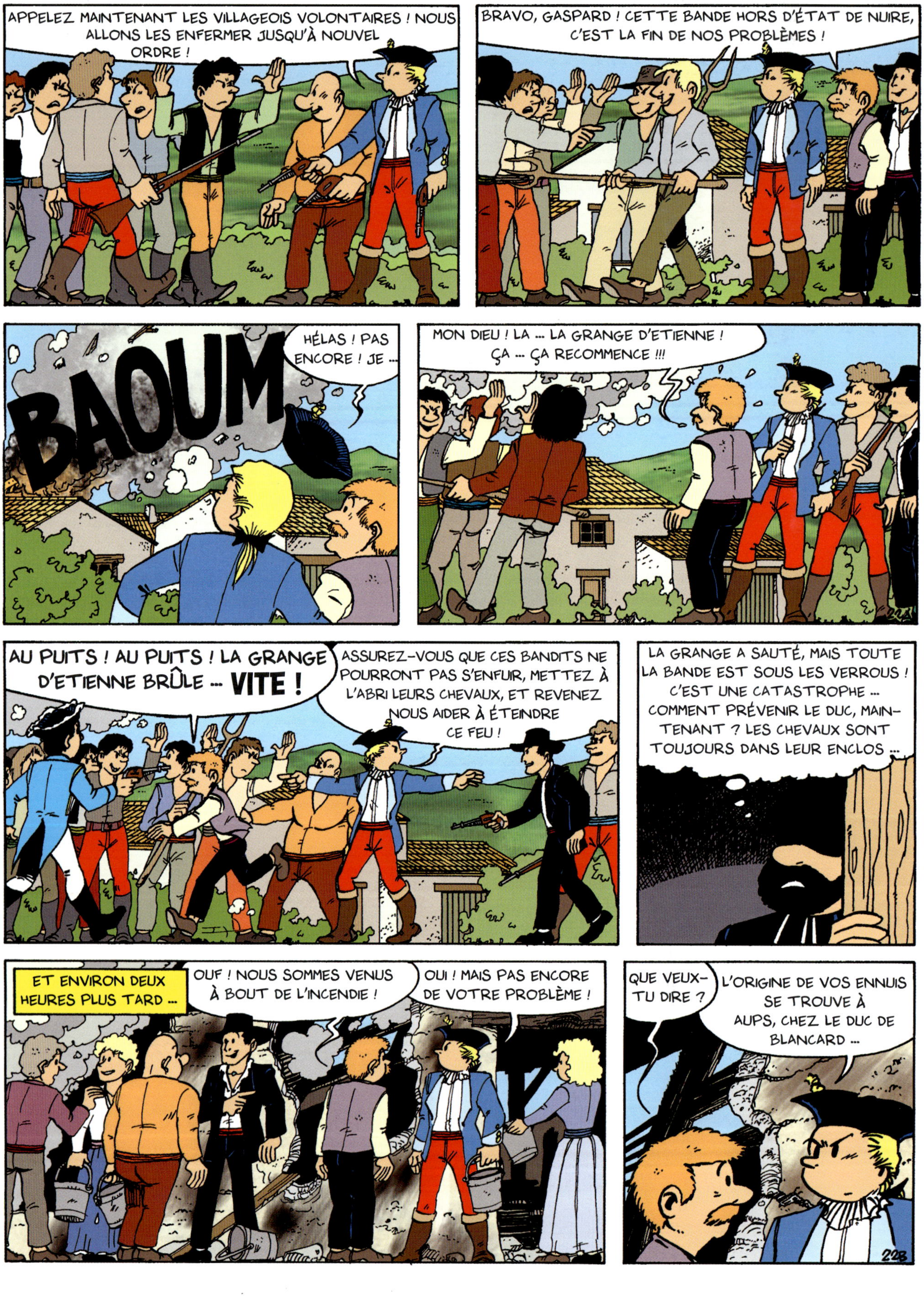
APPELEZ MAINTENANT LES VILLAGEOIS VOLONTAIRES ! NOUS ALLONS LES ENFERMER JUSQU'À NOUVEL ORDRE !
BRAVO, GASPARD ! CETTE BANDE HORS D'ÉTAT DE NUIRE, C'EST LA FIN DE NOS PROBLÈMES !
BAOUM
HÉLAS ! PAS ENCORE ! JE ...
MON DIEU ! LA ... LA GRANGE D'ETIENNE ! ÇA ... ÇA RECOMMENCE !!!
AU PUITS ! AU PUITS ! LA GRANGE D'ETIENNE BRÛLE ... VITE !
ASSUREZ-VOUS QUE CES BANDITS NE POURRONT PAS S'ENFUIR, METTEZ À L'ABRI LEURS CHEVAUX, ET REVENEZ NOUS AIDER À ÉTEINDRE CE FEU !
LA GRANGE A SAUTÉ, MAIS TOUTE LA BANDE EST SOUS LES VERROUS ! C'EST UNE CATASTROPHE ... COMMENT PRÉVENIR LE DUC, MAINTENANT ? LES CHEVAUX SONT TOUJOURS DANS LEUR ENCLOS ...
ET ENVIRON DEUX HEURES PLUS TARD ...
OUF ! NOUS SOMMES VENUS À BOUT DE L'INCENDIE !
OUI ! MAIS PAS ENCORE DE VOTRE PROBLÈME !
QUE VEUX-TU DIRE ?
L'ORIGINE DE VOS ENNUIS SE TROUVE À AUPS, CHEZ LE DUC DE BLANCARD ...
223

CE TYPE A ENTRE LES MAINS UN OUTIL DE DESTRUCTION DANGEREUX ... UNE POUDRE DONT LA DÉFLAGRATION EST DÉVASTATRICE ... LA PREUVE ...
IL FAUT ALLER RÉCUPÉRER CET EXPLOSIF ... SANS QUOI, IL FINIRA PAR AVOIR RAISON DE VOTRE RÉSISTANCE ...
RÉCUPÉRER ? MAIS ... COMMENT ?
JE PARTIRAI CET APRÈS-MIDI À AUPS ... JE VAIS RENCONTRER QUELQU'UN QUI A LA POSSIBILITÉ DE ME FAIRE ENTRER DANS LE MANOIR DU DUC ...
COMMENT ?
C'EST CE QUE JE SAURAI CET APRÈS-MIDI ... EN ATTENDANT, JE VAIS ALLER ME RAFRAÎCHIR ! ...
23A
IL FAUT QUE J'AILLE PRÉVENIR LE DUC, MAIS SANS CHEVAL ... PEUT-ÊTRE QU'EN ESSAYANT DE PASSER PAR DERRIÈRE ...
HÔO ...
VOILÀ MA CHANCE ... L'UN DES CHEVAUX DE LA BANDE N'A PAS ÉTÉ RÉCUPÉRÉ ... PERSONNE PAR LÀ ... C'EST L'OCCASION OU JAMAIS ! ...
CALME ... CALME ... ON VA FAIRE UN PETIT VOYAGE ...
EN AVANT ! ...
23B

HÉ ! LE PRÊTRE ! IL VIENT DE PRENDRE LA FUITE SUR L'UN DES CHEVAUX DES BANDITS ! ...
LE VOILÀ, VOTRE TRAÎTRE ...
QUOI ? LE PRÊTRE ? UN TRAÎTRE ?
IL EST PEUT-ÊTRE PRÊTRE COMME MOI JE SUIS LE DUC D'ORLÉANS ...
BON SANG ... ÇA EXPLIQUERAIT POURQUOI IL ÉTAIT SI PEU PORTÉ SUR LES MESSES ET LE CONFESSIONNAL !
ET ÇA EXPLIQUERAIT BEAUCOUP D'AUTRES CHOSES ! MES AMIS, IL FAUT CONTINUER À PROTÉGER LE VILLAGE, ON NE SAIT JAMAIS ! MOI, JE VAIS ME RENDRE À AUPS, ET JE SERAI DE RETOUR CE SOIR !
ET CET APRÈS-MIDI LÀ ...
LA TAVERNE ... J'ESPÈRE QUE J'Y TROUVERAI MARAT ...
TAVERNE D'AUPS
MONSIEUR MARAT ? HUM ... ALLEZ VOUS ASSEOIR DANS LA PIÈCE DU FOND ET ATTENDEZ ... JE VAIS VOIR SI JE PEUX LE TROUVER ...
APRÈS UN LONG MOMENT D'ATTENTE ...
J'ESPÈRE QUE JE NE SUIS PAS EN TRAIN DE TOMBER DANS UN PIÈGE ...
GASPARD ! JE SAVAIS BIEN QUE JE VOUS REVERRAIS ! ...

COMBIEN POUR ME LAISSER ÉCOUTER CE QUI SE DIT LÀ-DEDANS ?
ÇA NE VA PAS, NON ?
VRAIMENT ? ...
HEU ... ASSEYEZ VOUS LÀ, CONTRE LA CLOISON ... ATTENTION, ELLE EST BIEN FENDUE ... QU'EST-CE QUE JE VOUS SERS ?
... ET C'EST LA SEULE SOLUTION, GASPARD ! VOILÀ COMMENT VOUS POURREZ PROCÉDER ...
NOUS NOUS REVOYONS JUSTE À TEMPS, D'AILLEURS ... DEMAIN, LE DUC DE BLANCARD ORGANISE UNE RÉCEPTION DANS SON MANOIR ...
HA ? ... ET VOUS PENSEZ QUE NOUS POURRIONS ÊTRE CORDIALEMENT INVITÉS ?
ATTENDEZ UN PEU ... À CETTE RÉCEPTION, COMME TOUS LES ANS À LA MÊME DATE, SE RETROUVENT DES AMIS OU DES CONNAISSANCES DE LA FAMILLE DE BLANCARD ...
... QUI NE SE CONNAISSENT PAS TOUS FORCÉMENT ENTRE EUX ... C'EST POURQUOI LA PRÉSENTATION D'UN PAPIER D'INVITATION EST INDISPENSABLE POUR PARTICIPER À LA FÊTE ...
JE COMMENCE À COMPRENDRE ...
VOILÀ ! VOUS AVEZ DÉJÀ COMPRIS QUE JE POSSÈDE DES CARTONS D'INVITATION POUR VOUS ...
COMMENT VOUS LES ÊTES-VOUS PROCURÉS ?
PAR NOTRE RÉSEAU ... PAR UNE ACTION VOLONTAIRE, OU ...
... OU QUELQUE PEU FORCÉE ! ENFIN, QU'IMPORTE ! LE FAIT EST QUE C'EST LE SEUL MOYEN, ET LE SEUL MOMENT OÙ VOUS POURREZ PÉNÉTRER CHEZ LE DUC ! ...

ET QU'EST-CE QUI VOUS FAIT CROIRE QUE JE RESSEMBLE À L'UN DES INVITÉS DU DUC ?
RIEN, MAIS CELA N'A PAS D'IMPORTANCE ... CAR IL S'AGIT D'UNE RÉCEPTION OÙ LES GENS DOIVENT SE PRÉSENTER COSTUMÉS ET MASQUÉS !
VOUS VOUS FONDREZ DANS LA MASSE DES GENS SANS PROBLÈME ...
ET JE PARIE QUE VOUS AVEZ DÉJÀ LES COSTUMES POUR NOUS !
EXACT ! L'L COSTUM CONSTIT AVEC SON L
BOIRE...
C'EST À BOIRE... ÔÔÔ..
HÉHO, CHUT ! VOUS NE POURRIEZ PAS NE PLUS CRIER ? CHHH ...
POURQUOI ? TU VEUX FAIRE TA SIESTE ET TU N'Y ARRIVES PAS ? JE PEUX T'AIDER, AVEC «ÇA» ...
ALLEZ, VIENS, SERGE ...
... LE VIN FRAIS NOUS ATTEND !
TAVERNIER ! HÉ
...C'EST À BOIRE, À BOIRE, À BOI... RE! C'EST À BOIRE QU'IL FAUT...

... ET COMBIEN AVEZ-VOUS D'INVITATIONS ?
TROIS !
DOMMAGE ...
POURQUOI ?
DEUX DE PLUS AURAIT ÉTÉ IDÉAL ... NOUS SOMMES CINQ, ET NOUS NE SERIONS PAS DE TROP POUR UNE TELLE OPÉRATION ...
DÉSOLÉ ! PAR CONTRE, ARRIVEZ EN FIN D'APRÈS-MIDI AU MANOIR ! IL Y AURA ALORS DÉJÀ ASSEZ DE MONDE POUR QUE VOUS PASSIEZ INAPERÇUS, ET LA FÊTE N'AURA PAS ENCORE COMMENCÉ ...
HUM ... OÙ PENSEZ-VOUS QUE SE TROUVE LE COFFRET ?
JE LE SAIS ! DANS LE BUREAU DU DUC, DONT VOICI UN DOUBLE DE LA CLÉ ! CE BUREAU EST SYSTÉMATIQUEMENT FERMÉ LORSQUE LE DUC EST ABSENT !
BRAVO !
27A
DONC, SI VOUS TOURNEZ LA CLÉ DANS LA SERRURE, C'EST BON SIGNE ! QUANT AU COFFRET, IL EST DANS LE SECRÉTAIRE, DANS L'ANGLE DE LA PIÈCE ...
TOUT ÇA A L'AIR FACILE, À VOUS ENTENDRE ...
DÉTROMPEZ VOUS ! LE BUREAU DU DUC EST À L'ÉTAGE, ET IL VOUS FAUDRA UN SACRÉ MOTIF POUR QUITTER LA FÊTE AU REZ-DE-CHAUSSÉE ET MONTER L'ESCALIER D'OÙ VOUS SEREZ VU PAR TOUT LE MONDE ... PAR AILLEURS ...
... LES HOMMES DE MAIN DU DUC SERONT MOBILISÉS POUR EXERCER UNE SURVEILLANCE AUX QUATRE COINS DU MANOIR ! CROYEZ-MOI, VOUS AUREZ BIEN GAGNÉ VOS 5000 LIVRES ...
JE VOUS AI DÉJÀ DIT QUE JE NE VEUX PAS DE VOTRE ARGENT, MONSIEUR MARAT ... AVEZ-VOUS UN PLAN DES LIEUX ?
BIEN SÛR ... UN PLAN DU VILLAGE D'AUPS, AVEC SES DIFFÉRENTS ACCÈS ... LÀ, LÀ ... ET LÀ !
27B

PUIS UN PLAN DU MANOIR DU DUC ! LA RÉCEPTION SE TROUVE AU REZ-DE-CHAUSSÉE, ET VOILÀ LE BUREAU DU DUC !
VOUS ÊTES REMARQUABLEMENT ORGANISÉ, MONSIEUR MARAT ...
PRÉPARER UN MONDE NOUVEAU N'EST PAS UN TRAVAIL D'AMATEUR ! ET ENFIN, DANS CETTE BOÎTE, LES COSTUMES ET MASQUES POUR LA FÊTE, POUR TROIS PERSONNES ... ET MAINTENANT, GASPARD DE BESSE ...
... PROMETTEZ-MOI DE ME REMETTRE CE COFFRET DÈS QU'IL SERA EN VOTRE POSSESSION ! VOUS ÊTES UN HOMME D'HONNEUR, VOTRE PAROLE ME SUFFIT !
JE VOUS LE PROMETS, MONSIEUR MARAT !
BIEN ! SI L'AVENTURE TOURNAIT COURT, JE LE SAURAI, VOUS AUREZ ÉCHOUÉ, VOUS SEREZ PRIS, ET JE NE POURRAIS RIEN POUR VOUS ! DANS LE CAS CONTRAIRE, JE VOUS DONNE RENDEZ-VOUS DEMAIN MATIN ENTRE VÉRIGNON ET AUPS ...
... À L'ENDROIT OÙ LA ROUTE LONGE LE RUISSEAU ... D'ACCORD ?
C'EST D'ACCORD, MONSIEUR MARAT !
ALORS ... À DEMAIN, OU À JAMAIS ! IL NE FAUT PAS QU'ON NOUS VOIT ENSEMBLE ! JE SORS LE PREMIER, PUIS VOUS CINQ MINUTES PLUS TARD ! BONNE CHANCE !
PENDANT CE TEMPS, CHEZ LE DUC ...
ALORS, COMME ÇA, GASPARD DE BESSE SERA PRÉSENT À MA RÉCEPTION DEMAIN ? ... C'EST EXTRAORDINAIRE !
ET TU IGNORES LA RAISON DE CETTE ... HEU ... VISITE ?
EXACT ! JE N'AI MALHEUREUSEMENT PAS PU ENTENDRE LA SUITE DE LA CONVERSATION POUR LA RAISON QUE J'ÉVOQUAIS TOUT À L'HEURE ...

DOMMAGE ...
MAIS... VOUS N'ALLEZ TOUT DE MÊME PAS LE LAISSER ARRIVER JUSQU'ICI ?! IL FAUT L'ARRÊTER AVANT QUE...
AU CONTRAIRE, POUR AU MOINS TROIS RAISONS ! LA PREMIÈRE, UNE MAJORITÉ DE MES HOMMES EST... HEU ... RETENUE À VÉRIGNON... PROVISOIREMENT, BIEN ENTENDU !
ENSUITE, GASPARD VEUT SE JETER DANS LA GUEULE DU LOUP... JE NE VAIS TOUT DE MÊME PAS L'EN EMPÊCHER, ET CROIS MOI, IL SERA BIEN REÇU !
ENFIN, NOUS NE SAVONS TOUJOURS PAS LA RAISON DE SA VISITE ! CAR IL Y A UNE RAISON POUR QU'IL SE METTE AUTANT EN DANGER, ET JE VEUX LA CONNAÎTRE !
DONC, LAISSONS LE ARRIVER JUSQU'AU MANOIR, ET COSTUME OU PAS, JE TE GARANTIS QU'IL SERA REPÉRÉ, ET QU'IL N'EN SORTIRA PAS ! JE VAIS PRENDRE MES DISPOSITIONS POUR CELA ...
CE SOIR LÀ, ENTOURÉ DE SES COMPAGNONS ET DE BERTRAND, GASPARD DRESSE UN BILAN DE LA SITUATION...
... ET C'EST POURQUOI NOUS NE DISPOSONS QUE DE QUELQUES HEURES POUR NOUS EMPARER DE CETTE MAUDITE POUDRE... VOILÀ DONC LE PLAN DU VILLAGE...
... SES ACCÈS, ET LE MANOIR DU DUC EST LÀ, LONGEANT «LA GRAVE»... À CE SUJET, BERTRAND...
«LA GRAVE» EST REPRÉSENTÉE COMME UN COURS D'EAU, ICI... OR, JE N'AI PAS VU LE MOINDRE RUISSEAU EN ALLANT À AUPS... SERAIT-IL À SEC?
NON, NON...
Manoir
La grave

«LA GRAVE» EST EFFECTIVEMENT UN CHEMIN PRATICABLE... MAIS IL SERT À CANALISER LES TORRENTS QUI, PARFOIS SE FORMENT EN AMONT À LA SUITE, PAR EXEMPLE, DE TRÈS FORTES PLUIES...
... CES JOURS LÀ, IL FAUT S'ÉLOIGNER DE «LA GRAVE», CAR LA FORCE DE L'EAU PEUT EMPORTER DES TRONCS D'ARBRES COMME DES FÉTUS DE PAILLE...
... À PLUS FORTE RAISON LES MALHEUREUX QUI SE RETROUVERAIENT PRIS DANS CETTE MASSE D'EAU EN FURIE...
C'EST CLAIR ! BON ! L'ENTRÉE PRINCIPALE DU MANOIR SE SITUANT CÔTÉ «GRAVE» PAR DES ESCALIERS, NOUS ARRIVERONS DONC PAR LÀ...
... NOUS N'AVONS MALHEUREUSEMENT QUE TROIS INVITATIONS... NOUS NOUS PRÉSENTERONS DONC COSTUMÉS, AXEL, BERNARD, ET MOI...
JACQUES ET JOSEPH, VOUS VOUS POSTEREZ À LA SORTIE DU VILLAGE, SUFFISAMMENT LOIN POUR NE PAS ÊTRE REPÉRÉS ...
... ET SUFFISAMMENT PRÈS POUR NOUS COUVRIR EN CAS DE BESOIN LORSQUE NOUS QUITTERONS AUPS UNE FOIS LE COFFRET RÉCUPÉRÉ...
QU'AVONS-NOUS COMME COSTUMES POUR LA... HEU... CÉRÉMONIE ?
TROIS MASQUES...
UN COSTUME DE... HEU... VOYONS... DE PAYSAN, UN D'ARTISAN, ET UN DE COLPORTEUR !
BIEN ! JE SERAI LE COLPORTEUR ! ARRANGEZ-VOUS AVEC LES DEUX AUTRES !

VOILÀ COMMENT JE VOIS LES CHOSES... UNE FOIS JACQUES ET JOSEPH EMBUSQUÉS AVEC SUFFISAMMENT D'ARMES, NOUS ARRIVERONS, AXEL, BERNARD ET MOI, CHEZ LE DUC, COSTUMÉS, AVEC NOS CARTONS D'INVITATION...
UNE FOIS DANS LA PLACE, AXEL ET BERNARD FERONT, DISONS, «UN NUMÉRO» POUR ATTIRER L'ATTENTION DES INVITÉS PENDANT ENVIRON UNE MINUTE...
CELA ME SUFFIRA POUR MONTER DISCRÈTEMENT L'ESCALIER ET ARRIVER DANS LE BUREAU DU DUC...
UNE FOIS VOTRE «NUMÉRO» EFFECTUÉ, GARDEZ UN OEIL DISCRÈTEMENT SUR L'ESCALIER ! JE DEVRAIS RÉAPPARAÎTRE SUR LE PALIER D'ÉTAGE AVEC LE COFFRET QUE JE CACHERAI DANS MA BESACE DE COLPORTEUR... À CE MOMENT-LÀ, ATTIREZ DE NOUVEAU L'ATTENTION DES CONVIVES, PAR UNE ALTERCATION, PAR EXEMPLE...
L'IDÉAL SERAIT À CE MOMENT LÀ QUE VOUS PARVENIEZ À VOUS FAIRE JETER DEHORS PAR LE SERVICE D'ORDRE DU DUC, CE QUI ME PERMETTRAIT DE QUITTER LA RÉCEPTION MOI-MÊME POUR TENTER DE «VOUS RAISONNER» ...
... UNE FOIS DEHORS TOUS LES TROIS, NOUS REPRENDRONS BIEN ÉVIDEMMENT LA ROUTE DE VERIGNON ...
PAS MAL ...
TOUT ÇA ME SEMBLE UN PEU TROP FACILE, GASPARD...
TU POURRAIS TOUJOURS TE FAIRE REPÉRER AU MAUVAIS MOMENT PAR CE MÊME SERVICE D'ORDRE, ET ALORS LÀ...
C'EST VRAI ...
... MAIS À QUELQUES HEURES DE NOTRE INTERVENTION, JE NE VOIS PAS DE MEILLEURE IDÉE ! ALLONS TOUS TENTER DE DORMIR, MAINTENANT ! UNE JOURNÉE INTENSE NOUS ATTEND DEMAIN !

LE LENDEMAIN, SOUS UN CIEL CHARGÉ DE NUAGES, GASPARD, AXEL ET BERNARD SE PRÉSENTENT AU MOMENT CONVENU AU MANOIR DU DUC...
NOUS SOMMES TROIS... VOICI MON INVITATION...
JE NE TROUVE PAS NOS INVITATIONS... CE N'EST PAS TOI QUI LES AS?
NOUS N'EN AVONS PAS...
EXCUSEZ-MOI... JE DOIS VÉRIFIER SI VOUS PORTEZ DES ARMES...
MAIS NON ! TU LES AS RÉCUPÉRÉS HIER, ET...
BON SANG ! ALORS, ELLES ONT DÛ RESTER DANS LA POCHE DE MA VESTE ...
ALORS ?
ÉCOUTEZ ! CES INVITATIONS ONT ÉTÉ VISIBLEMENT ÉGARÉES ! MAIS PAS DE SOUCIS ! CES MESSIEURS SONT AVEC MOI ! ET JE ...
RIEN À FAIRE, J'AI DES CONSIGNES ! PAS D'INVITATION, PAS DE RÉCEPTION !
L'UN DE NOUS POURRAIT ALLER CHERCHER CES ...
NON, PLUS LE TEMPS ! ÉCOUTEZ ! ATTENDEZ-MOI DISCRÈTEMENT À PROXIMITÉ DE L'ENTRÉE ! JE NE SERAI DE TOUTES FAÇONS PAS LONG...
MAIS... LE PLAN...
LE PLAN EST À L'EAU ! JE VAIS IMPROVISER ! À TOUT À L'HEURE ! ...

TOUTE NOTRE STRATÉGIE FICHUE À CAUSE DE L'OUBLI D'UN PAPIER D'INVITATION... S'IL ARRIVAIT QUELQUE CHOSE À GASPARD, JE M'EN VOUDRAIS TOUTE MA VIE !
ALLONS NOUS POSITIONNER PAR LÀ...
NOUS NE SERONS PAS TROP LOIN DES CHEVAUX, ET AVEC LA PLUIE QUI COMMENCE À TOMBER, NOUS SERONS À L'ABRI...
AU MÊME MOMENT, GASPARD, À L'INTÉRIEUR DE LA SALLE DE RÉCEPTION, FAIT UN PREMIER REPÉRAGE VISUEL...
L'ACCÈS, LA SALLE, ET L'ESCALIER QUI MÈNE AU BUREAU DU DUC...
... JE NE PEUX COMPTER QUE SUR MOI-MÊME POUR ATTEINDRE DISCRÈTEMENT LE PREMIER ÉTAGE...
AVEC TOUS CES REGARDS UN PEU PARTOUT ET LE SERVICE D'ORDRE AUX QUATRE COINS DE LA PIÈCE, RESTE À SAVOIR COMMENT...
À L'EXTÉRIEUR...
BRRR... IL COMMENCE À FAIRE HUMIDE, ICI... J'AI L'IMPRESSION QUE LE FROID REMONTE PAR MES PIEDS...
PAS ÉTONNANT ...
REGARDE ! LE CHEMIN COMMENCE À ÊTRE INONDÉ...
NE RESTONS PAS LÀ... MAIS NE NOUS ÉLOIGNONS PAS TROP... GASPARD POURRAIT AVOIR BESOIN DE NOUS...
HÉ... L'EAU MONTE VITE, LÀ...

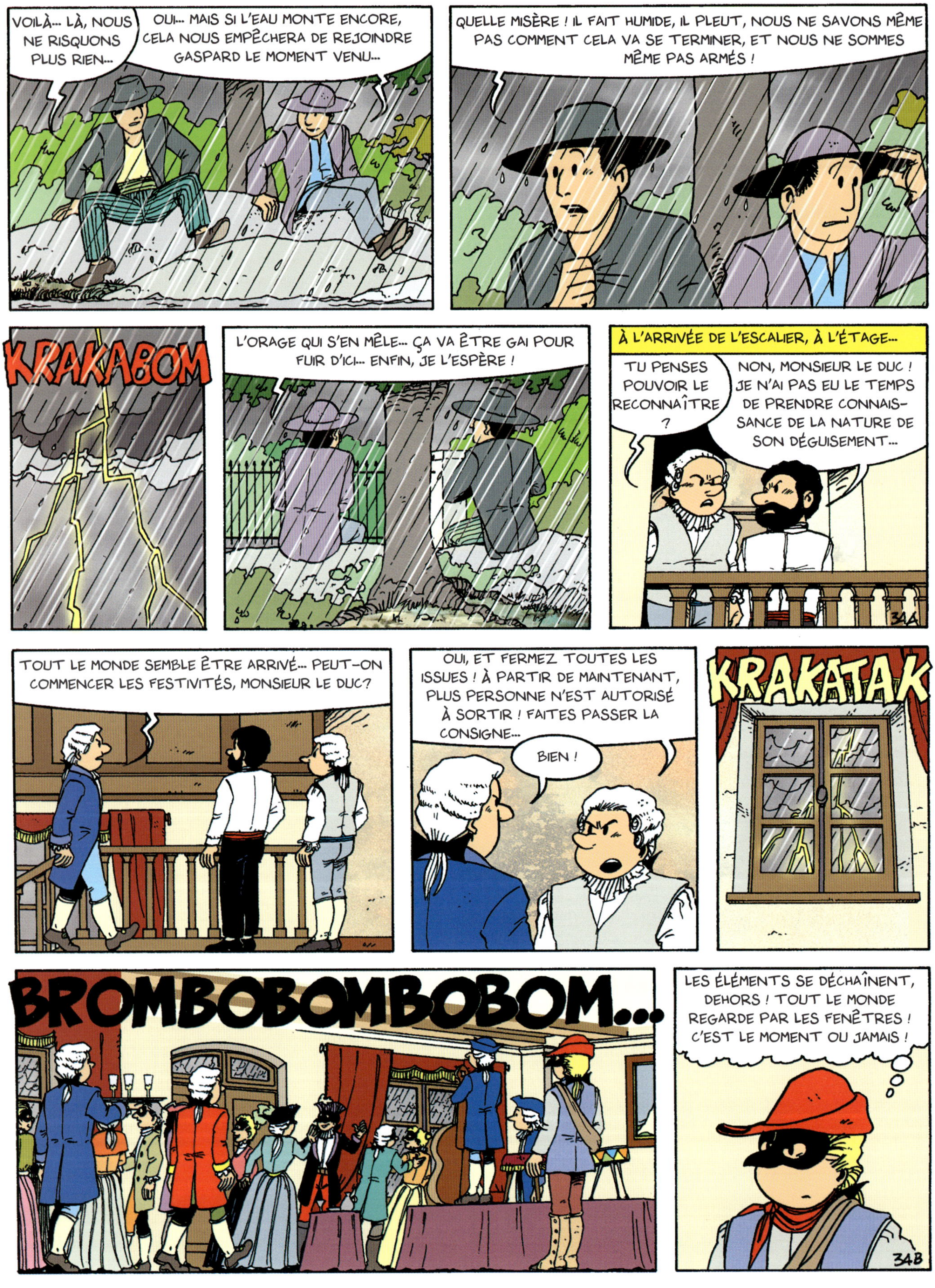
VOILÀ... LÀ, NOUS NE RISQUONS PLUS RIEN...
OUI... MAIS SI L'EAU MONTE ENCORE, CELA NOUS EMPÊCHERA DE REJOINDRE GASPARD LE MOMENT VENU...
QUELLE MISÈRE ! IL FAIT HUMIDE, IL PLEUT, NOUS NE SAVONS MÊME PAS COMMENT CELA VA SE TERMINER, ET NOUS NE SOMMES MÊME PAS ARMÉS !
KRAKABOM
L'ORAGE QUI S'EN MÊLE... ÇA VA ÊTRE GAI POUR FUIR D'ICI... ENFIN, JE L'ESPÈRE !
À L'ARRIVÉE DE L'ESCALIER, À L'ÉTAGE...
TU PENSES POUVOIR LE RECONNAÎTRE ?
NON, MONSIEUR LE DUC ! JE N'AI PAS EU LE TEMPS DE PRENDRE CONNAISSANCE DE LA NATURE DE SON DÉGUISEMENT...
34A
TOUT LE MONDE SEMBLE ÊTRE ARRIVÉ... PEUT-ON COMMENCER LES FESTIVITÉS, MONSIEUR LE DUC?
OUI, ET FERMEZ TOUTES LES ISSUES ! À PARTIR DE MAINTENANT, PLUS PERSONNE N'EST AUTORISÉ À SORTIR ! FAITES PASSER LA CONSIGNE...
BIEN !
KRAKATAK
BROMBOBOMBOBOM...
LES ÉLÉMENTS SE DÉCHAÎNENT, DEHORS ! TOUT LE MONDE REGARDE PAR LES FENÊTRES ! C'EST LE MOMENT OU JAMAIS !
34B

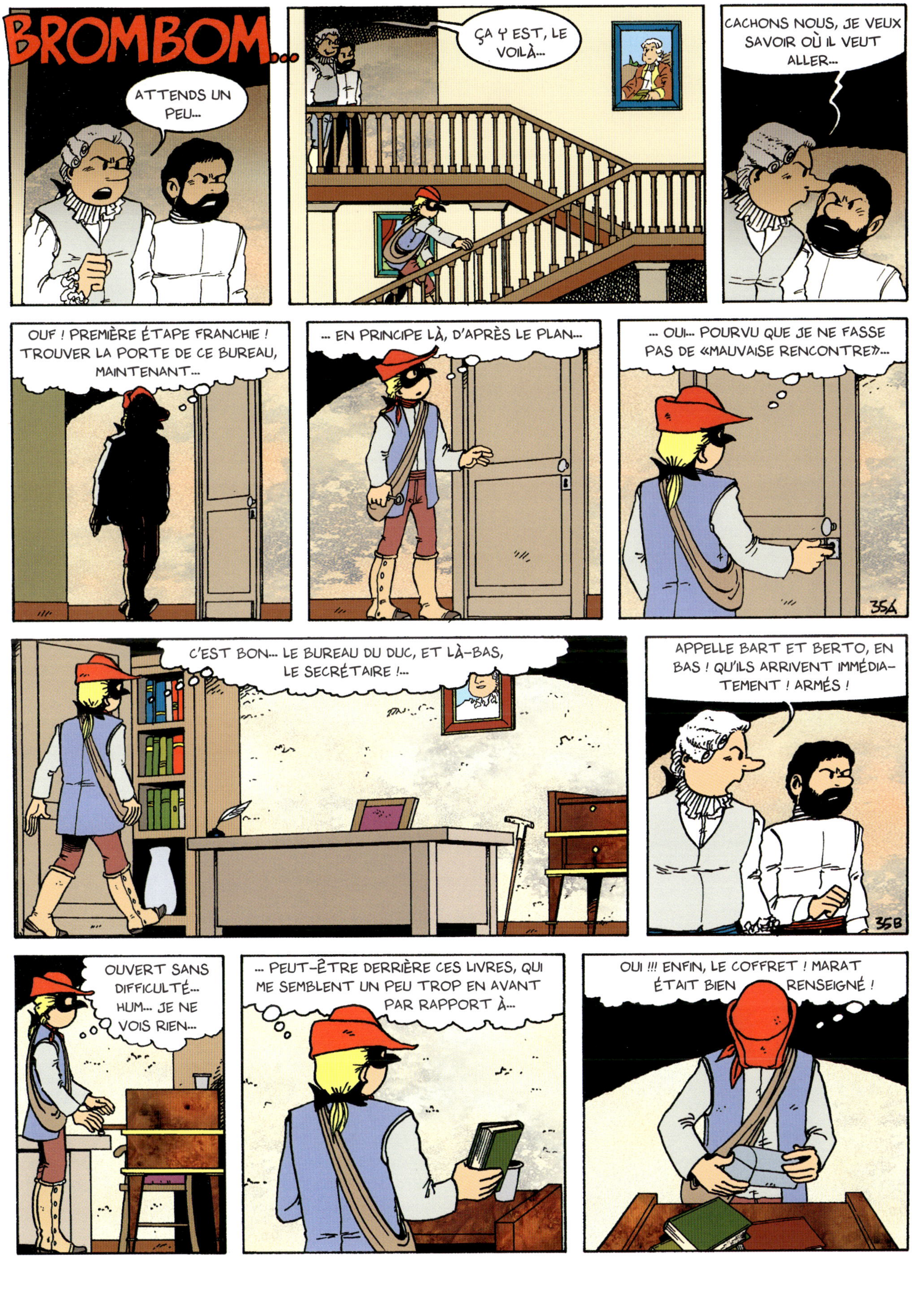
BROMBOM...
ATTENDS UN PEU...
ÇA Y EST, LE VOILÀ...
CACHONS NOUS, JE VEUX SAVOIR OÙ IL VEUT ALLER...
OUF ! PREMIÈRE ÉTAPE FRANCHIE ! TROUVER LA PORTE DE CE BUREAU, MAINTENANT...
... EN PRINCIPE LÀ, D'APRÈS LE PLAN...
... OUI... POURVU QUE JE NE FASSE PAS DE «MAUVAISE RENCONTRE»...
C'EST BON... LE BUREAU DU DUC, ET LÀ-BAS, LE SECRÉTAIRE !...
APPELLE BART ET BERTO, EN BAS ! QU'ILS ARRIVENT IMMÉDIA-TEMENT ! ARMÉS !
OUVERT SANS DIFFICULTÉ... HUM... JE NE VOIS RIEN...
... PEUT-ÊTRE DERRIÈRE CES LIVRES, QUI ME SEMBLENT UN PEU TROP EN AVANT PAR RAPPORT À...
OUI !!! ENFIN, LE COFFRET ! MARAT ÉTAIT BIEN RENSEIGNÉ !

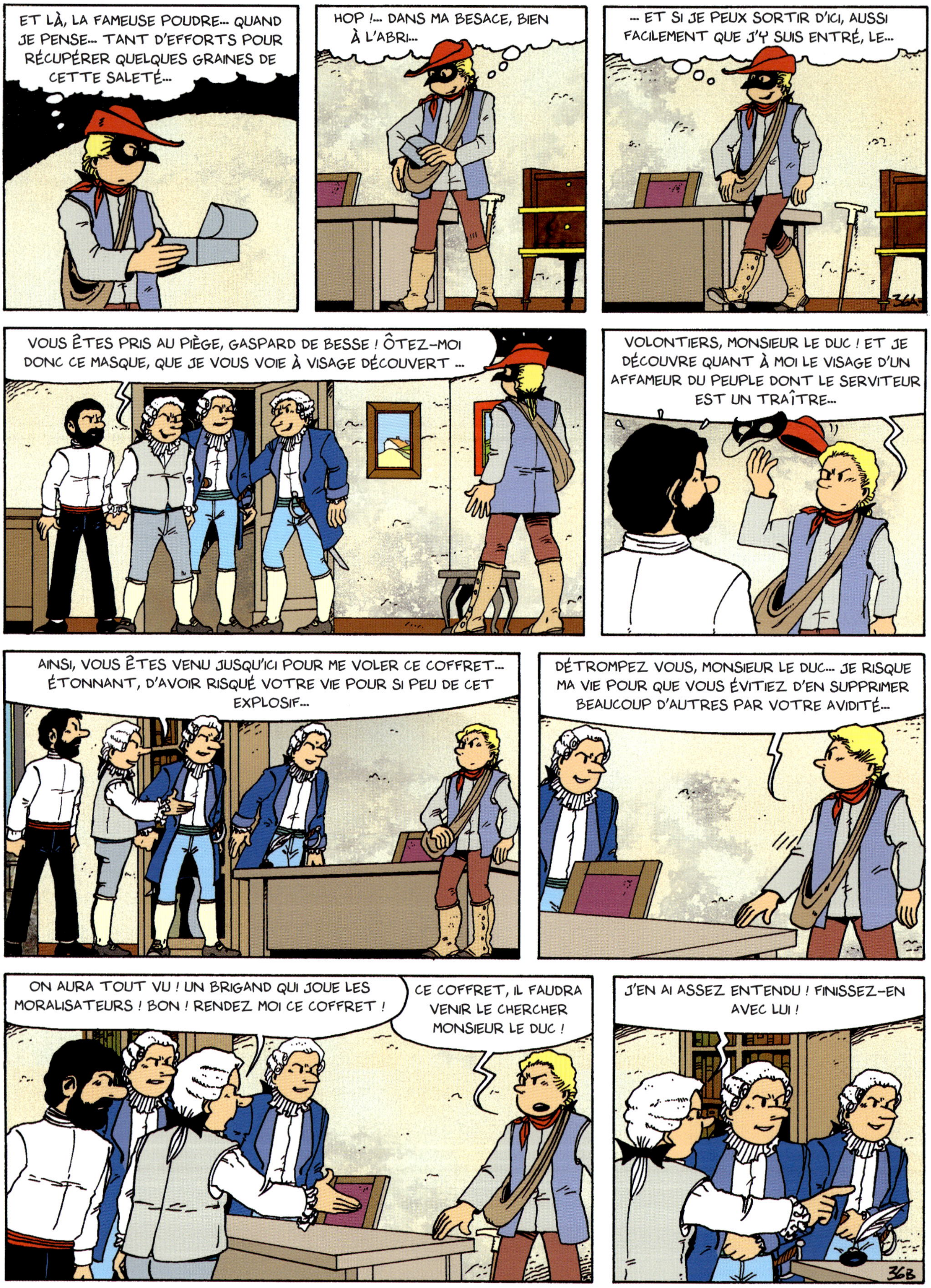

ET LÀ, LA FAMEUSE POUDRE... QUAND JE PENSE... TANT D'EFFORTS POUR RÉCUPÉRER QUELQUES GRAINES DE CETTE SALETÉ...
HOP !... DANS MA BESACE, BIEN À L'ABRI...
... ET SI JE PEUX SORTIR D'ICI, AUSSI FACILEMENT QUE J'Y SUIS ENTRÉ, LE...
VOUS ÊTES PRIS AU PIÈGE, GASPARD DE BESSE ! ÔTEZ-MOI DONC CE MASQUE, QUE JE VOUS VOIE À VISAGE DÉCOUVERT ...
VOLONTIERS, MONSIEUR LE DUC ! ET JE DÉCOUVRE QUANT À MOI LE VISAGE D'UN AFFAMEUR DU PEUPLE DONT LE SERVITEUR EST UN TRAÎTRE...
AINSI, VOUS ÊTES VENU JUSQU'ICI POUR ME VOLER CE COFFRET... ÉTONNANT, D'AVOIR RISQUÉ VOTRE VIE POUR SI PEU DE CET EXPLOSIF...
DÉTROMPEZ VOUS, MONSIEUR LE DUC... JE RISQUE MA VIE POUR QUE VOUS ÉVITIEZ D'EN SUPPRIMER BEAUCOUP D'AUTRES PAR VOTRE AVIDITÉ...
ON AURA TOUT VU ! UN BRIGAND QUI JOUE LES MORALISATEURS ! BON ! RENDEZ MOI CE COFFRET !
CE COFFRET, IL FAUDRA VENIR LE CHERCHER MONSIEUR LE DUC !
J'EN AI ASSEZ ENTENDU ! FINISSEZ-EN AVEC LUI !

ATTENDEZ ! VOUS ÊTES FOU ? PAS D'ARMES À FEU, LES INVITÉS POURRAIENT ENTENDRE, EN BAS ! AVEC LES ÉPÉES ! DE TOUTES FAÇONS, IL N'EST PAS ARMÉ !
ALORS ...
PAS ARMÉ...
AHA !
PAS POUR LONGTEMPS !
37A
ALLONS, MESSIEURS... À UN CONTRE QUATRE, LE COMBAT COMMENCE À ÊTRE ÉQUILIBRÉ...
HOLÀ... RUDE JOUTEUR, CELUI-LÀ...
... ET CE COFFRET DANS MA BESACE QUI ME DÉSÉQUILIBRE... IL FAUT QUE JE ME DONNE UN PETIT COUP DE POUCE...
OUCH !
37B

AHA ! MAUDIT !
VOILÀ L'AUTRE QUI REVIENT AVEC L'ÉPÉE DE SON COPAIN...
DESCENDS DE LÀ, TOI !
PAS QUESTION ! D'ICI, JE DOMINE LA SITUATION !
ATTENDS UN PEU... TU NE VAS PAS LA DOMINER LONGTEMPS...
DZING
LUI BRISER LES GENOUX...
RATÉ !
TOK !
AH !
MAIS ARRÊTEZ-LE, BON SANG, QU'ON EN FINISSE !!!
DZING !

C'EST LA FIN !!!
PLOUF
DE L'EAU ! LA GRAVE ! EN CRUE ! UNE... UNE CHANCE INCROYABLE !!!
39A
LE... LE TORRENT M'EMPORTE... SI J'ARRIVE À M'ACCROCHER QUELQUE PART POUR M'ARRÊTER, JE SUIS TIRÉ D'AFFAIRE...
39B
J'ESPÈRE QU'IL S'EST ÉCRABOUILLÉ AU SOL !?
HEU... NON ! IL EST TOMBÉ DANS LA GRAVE EN CRUE ! LE TORRENT L'A EMPORTÉ !
BART ET BERTO ! PRENEZ DES CHEVAUX ET RETROUVEZ-LE MOI ! ET RAMENEZ MOI LE COFFRET QU'IL A DÉROBÉ, SURTOUT...
MAIS... LE TORRENT...

PASSEZ PAR LES CUISINES ! ÇA FERA ÉGALEMENT UN DÉTOUR À CHEVAL, MAIS MORT OU VIF, GASPARD NE PEUT PAS ÊTRE À PLUS D'UN KILOMÈTRE D'ICI ! DÉPÊCHEZ-VOUS !!!
LA PLUIE S'EST ARRÊTÉE… C'EST DÉJÀ ÇA !
UN PEU PLUS LOIN, À L'ENDROIT OÙ LE TORRENT COMMENCE À PERDRE DE SA VIGUEUR …
IL SE RÉVEILLE… ENFIN !!!
GASPARD… GASPARD…
MES AMIS… MES AMIS… MAIS… OÙ SOMMES-NOUS ?
PAS TRÈS LOIN DU VILLAGE… TOUT VA BIEN !
MAIS… COMMENT…
NOUS AVONS ENTENDU UN «PLOUF !» BERNARD EST ALLÉ VOIR ET T'A APERÇU, VISIBLEMENT AYANT PERDU CONNAISSANCE, EMPORTÉ PAR LE TORRENT…
NOUS AVONS CHERCHÉ AUSSI VITE QUE NOUS AVONS PU, ET NOUS T'AVONS RÉCUPÉRÉ SUR LE RIVAGE, INERTE…
MON… MON CHEVAL EST LÀ AUSSI ?
BIEN SÛR …
NE PERDONS PAS DE TEMPS ! IL FAUT PARTIR D'ICI, ET …
TU CROIS QUE TU ES EN FORME POUR MONTER À CHEVAL ?
MAIS OUI ! JE…
LE COFFRET ! JE L'AI PERDU !
MAIS NON, LE VOILÀ, IL A GLISSÉ DE TA BESACE LORSQUE NOUS T'AVONS SORTI DE L'EAU ! BRAVO, D'AILLEURS, POUR AVOIR RÉUSSI À…

BRAVO, C'EST VRAI ! NOUS N'AVONS PLUS QU'À LE RÉCUPÉRER !
QUE T'IMAGINAIS-TU, GASPARD ? QUE NOUS ALLIONS LAISSER FILER LE VOLEUR AVEC SON BUTIN ?
JE VOUS PRÉSENTE LES DEUX CHIENS DE GARDE DU DUC !
J'ADMETS QUE J'AI PERDU LA PARTIE ! JE VOUS REMETS LE COFFRET ET JE ME RENDS ! MAIS LAISSEZ PARTIR MES COMPAGNONS, ILS NE SONT POUR RIEN LÀ-DEDANS...
MARCHÉ CONCLU !
GASPARD ! TU ES FOU ? LA VALEUR DE CE COFFRET...
MOINS IMPORTANTE QUE CELLE DE MES AMIS...
ET NOUS NE SOMMES MÊME PAS ARMÉS !
VOILÀ ! JE SUIS À VOTRE MERCI !
PAS SEULEMENT TOI, GASPARD DE BESSE !
QUOI ? MAIS... VOUS ÉTIEZ D'ACCORD POUR...
TU ES BIEN NAÏF, GASPARD DE BESSE ! SI TU CROIS QUE JE VAIS RATER L'OCCASION UNIQUE D'ABATTRE L'HOMME LE PLUS RECHERCHÉ DE PROVENCE...
À NOUS LA PRIME ! HAHAHA !
PAN

TOI ! JETTE TON ARME À TERRE… DOUCEMENT…
JACQUES ! JOSEPH ! VOUS NE POUVIEZ PAS MIEUX TOMBER !!!
QU'ALLEZ-VOUS NOUS FAIRE ?
CONTRAIREMENT À VOUS, NOUS NE SOMMES PAS DES ASSASSINS…
… MAIS JE VAIS VOUS CHARGER D'UN MESSAGE ! ALLEZ DIRE AU DUC QUE NOUS ALLONS LUI RENVOYER SES SBIRES, ACTUELLEMENT RETENUS À VERIGNON ! RAPPELEZ-LUI QUE JE POSSÈDE SON EXPLOSIF …
… ET QUE JE M'EN SERVIRAI À SON ENCONTRE EN CAS DE REPRÉSAILLES SUR LES VILLAGEOIS… FILEZ, MAINTENANT !
TU ES TROP MAGNANIME, GASPARD !
BAH… ET QUE VEUX-TU QU'ON FASSE D'EUX ? QU'ILS AILLENT SE FAIRE PENDRE AILLEURS !
VOTRE APPARITION EST UNE VRAIE CHANCE… VOUS NE DEVIEZ PAS VOUS POSTER LÀ…
NON ! MAIS LE MAUVAIS TEMPS, PUIS VOTRE RETARD, NOUS ONT INCITÉ À NOUS RAPPROCHER !…
NOUS VOILÀ TOUS RÉUNIS DE NOUVEAU, ET ENTIERS, MES AMIS…
ET UNE HISTOIRE QUI SE FINIT BIEN !
PAS ENCORE ! J'AI UN DERNIER RENDEZ-VOUS À HONORER ! MAIS POUR L'INSTANT, RETOURNONS À VÉRIGNON !

CE SOIR LÀ, À VÉRIGNON, GASPARD MET AU COURANT BERTRAND DE TOUTE SON AVENTURE À AUPS...
C'EST... C'EST EXTRAORDINAIRE ! DIRE QUE ÇA AVAIT SI MAL COMMENCÉ... TU AS FINALEMENT EU BEAUCOUP DE CHANCE !
DISONS QUE J'AI ÉTÉ AIDÉ PAR L'ORAGE, LA GRAVE, ET SON TORRENT...
ET QUE VAS-TU FAIRE DE CETTE POUDRE ?
J'AI UN ENGAGEMENT À TENIR À CE SUJET... MAIS N'OUBLIE PAS DE RAPPELER LE CAS ÉCHÉANT QUE CELLE-CI EST EN MA POSSESSION, ET QU'ELLE POURRAIT À TOUT MOMENT SERVIR À SÉVIR CONTRE LE DUC EN CAS DE BESOIN...
DEMAIN, NOUS REPRENDRONS NOTRE ROUTE, MES COMPAGNONS ET MOI... EN ATTENDANT, ALLONS DORMIR UN PEU !...
43A
LE LENDEMAIN, NOS AMIS PRENNENT CONGÉ DES VERIGNONNAIS...
ET QUELQUES KILOMÈTRES PLUS LOIN...
ATTENDEZ MOI LÀ, JE REVIENS DANS QUELQUES MINUTES...
43B
JE SUIS HEUREUX DE VOUS VOIR À NOTRE RENDEZ-VOUS, ET BRAVO ! TOUT LE MONDE PARLE DE VOTRE EXPLOIT, HIER À AUPS ...
BONJOUR, MONSIEUR MARAT... VOICI LES COSTUMES QUE VOUS M'AVEZ PRÊTÉS... ON NE SAIT JAMAIS, ILS POURRONT TOUJOURS RESSERVIR...
OUI, MAIS LE... LE... COFFRET...

ET VOILÀ LE COFFRET...
ENFIN !
MAIS... QUE FAÎTES-VOUS ?...
VOUS... VOUS ÊTES FOU ?
ÊTES-VOUS CONSCIENT DE LA GRAVITÉ DE VOTRE GESTE ? MOI QUI VOUS PRENAIS POUR UN HOMME D'HONNEUR !
VOTRE COFFRET, MONSIEUR MARAT...
... ET J'AI TENU PAROLE ! IL ÉTAIT QUESTION QUE JE VOUS REMETTE LE COFFRET, ET NON SON CONTENU !
C'EST ÇA ! VENDU ! TRAÎTRE À LA CAUSE DU PEUPLE ! VOUS FINIREZ SUR L'ÉCHAFAUD, VOUS AUSSI !
MÉFIEZ-VOUS, MONSIEUR MARAT... À TROP VOULOIR ÉLIMINER TOUT LE MONDE, ON FINIT PAR NE PLUS IMAGINER QU'ON POURRAIT L'ÊTRE SOI-MÊME ! ADIEU !
ALLONS-Y, MES AMIS ! CETTE FOIS, JE CROIS QU'ON N'ENTENDRA PLUS PARLER DE CETTE POUDRE !...
HÉ !
REGARDE ! JE VIENS DE RETROUVER DANS MA POCHE LES DEUX INVITATIONS !
ÇA ALORS ! QUAND JE PENSE QU'À CAUSE DE TOI, J'AI ÉTÉ TREMPÉ TOUTE UNE SOIRÉE ET ATTRAPÉ UN RHUME...
ATCHA !
FIN